5至6歲

最愛的季節

新雅文化事業有限公司
www.sunya.com.hk

熊寶寶趣味階梯閱讀（5至6歲）
最愛的季節

作　　者：譚麗霞
繪　　圖：野人
責任編輯：黃花窗
美術設計：陳雅琳
出　　版：新雅文化事業有限公司
　　　　　香港英皇道 499 號北角工業大廈 18 樓
　　　　　電話：（852）2138 7998
　　　　　傳真：（852）2597 4003
　　　　　網址：http://www.sunya.com.hk
　　　　　電郵：marketing@sunya.com.hk
發　　行：香港聯合書刊物流有限公司
　　　　　香港新界大埔汀麗路 36 號中華商務印刷大廈 3 字樓
　　　　　電話：（852）2150 2100
　　　　　傳真：（852）2407 3062
　　　　　電郵：info@suplogistics.com.hk
印　　刷：中華商務彩色印刷有限公司
　　　　　香港新界大埔汀麗路 36 號
版　　次：二〇一七年七月初版

ISBN: 978-962-08-6836-8
© 2017 Sun Ya Publications (HK) Ltd.
18/F, North Point Industrial Building, 499 King's Road, Hong Kong
Published and printed in Hong Kong

導讀

　　《熊寶寶趣味階梯閱讀》系列的設計是用簡短生動的故事，幫助孩子識字及擴充詞彙量，並從中學習簡單的語法及日常生活常識。這輯的故事是專為五至六歲的孩子而編寫的，這個階段的孩子已經可以獨立閱讀圖文並茂的圖書，但仍建議父母多跟孩子共讀與討論。除了從閱讀中學好語言之外，更可以由故事的內容對孩子作一些行為與品德方面的引導。

語言學習重點

　　父母與孩子共讀《最愛的季節》時，可以引導孩子多學多講，例如：

❶ **組合詞語**：以白兔、黃鳥、黑狗和灰貓為例，請孩子利用顏色詞，加上適當的名詞去組成新的詞語。

❷ **學習季節**：跟孩子談談家中親友的出生月份，看看是屬於哪個季節，再讓他練習寫短句，例如：爸爸是春天出生的、媽媽是夏天出生的。

親子閱讀話題

　　無論跟孩子讀了什麼書，家長都可以巧妙地跟着書中的內容跟孩子談談，例如關於季節的題材，就可以談談「每個季節之中有哪些節日？」「哪些節日是中國傳統節日？哪些是西方節日？」「每個節日有什麼慶祝活動？有什麼特別的食物？」另外更可以跟孩子一起做做跟這些節日有關的手工或是簡單的烹飪：一起畫聖誕卡、做中秋節的燈籠……這類溫馨有趣的家庭活動，比讓孩子整天忙着上不同的興趣班，更加有益於孩子的學習與成長，還能增加生活樂趣與彼此之間的感情。

譚麗霞

<ruby>熊<rt>xióng</rt></ruby><ruby>寶<rt>bǎo</rt></ruby><ruby>寶<rt>bao</rt></ruby><ruby>問<rt>wèn</rt></ruby>：「<ruby>我<rt>wǒ</rt></ruby><ruby>是<rt>shì</rt></ruby><ruby>在<rt>zài</rt></ruby><ruby>春<rt>chūn</rt></ruby><ruby>天<rt>tiān</rt></ruby><ruby>出<rt>chū</rt></ruby><ruby>生<rt>shēng</rt></ruby><ruby>的<rt>de</rt></ruby><ruby>嗎<rt>ma</rt></ruby>？」

xióng mā ma shuō 「bái tù gē ge shì zài
熊媽媽說：「白兔哥哥是在
chūn tiān chū shēng de nǐ bú shì
春天出生的，你不是。」

熊寶寶問：「我是在夏天出生的嗎？」

xióng mā ma shuō　　　huáng niǎo jiě jie shì zài
熊媽媽說：「黃鳥姐姐是在
xià tiān chū shēng de　　nǐ bú shì
夏天出生的，你不是。」

熊寶寶問：「我是在秋天出生的嗎？」

xióng mā ma shuō hēi gǒu dì di shì zài
熊媽媽說：「黑狗弟弟是在

qiū tiān chū shēng de nǐ bú shì
秋天出生的，你不是。」

<ruby>熊<rt>xióng</rt></ruby> <ruby>寶<rt>bǎo</rt></ruby> <ruby>寶<rt>bao</rt></ruby> <ruby>問<rt>wèn</rt></ruby>：「<ruby>我<rt>wǒ</rt></ruby> <ruby>是<rt>shì</rt></ruby> <ruby>在<rt>zài</rt></ruby> <ruby>冬<rt>dōng</rt></ruby> <ruby>天<rt>tiān</rt></ruby> <ruby>出<rt>chū</rt></ruby> <ruby>生<rt>shēng</rt></ruby> <ruby>的<rt>de</rt></ruby> <ruby>嗎<rt>ma</rt></ruby>？」

熊媽媽說：「是啊！我的寶寶
是在冬天出生的。灰貓妹妹也是。」

xióng bǎo bao wèn　　　　　　　nǐ xǐ huan chūn tiān
熊寶寶問：「你喜歡春天、

xià tiān　　qiū tiān hái shi dōng tiān
夏天、秋天還是冬天？」

熊媽媽説：「我喜歡跟你在一起的每一個季節，每一天！」

xióng mā ma shuō　　　　　wǒ xǐ huan gēn nǐ zài
熊媽媽説：「我喜歡跟你在

yì qǐ de měi yí gè jì jié　　měi yī tiān
一起的每一個季節，每一天！」

Favourite Season

P.4 "Was I born in the spring?" asks Bobo Bear.

P.5 "No," Mama Bear replies, "you weren't. Big Brother White Bunny was born in the spring."

P.6 "Was I born in the summer?" asks Bobo Bear.

P.7 "No," Mama Bear replies, "you weren't. Big Sister Yellow Bird was born in the summer."

P.8 "Was I born in the autumn?" asks Bobo Bear.

P.9 "No," Mama Bear replies, "you weren't. Little Brother Black Hound was born in the autumn."

P.10 "Was I born in the winter?" asks Bobo Bear.

P.11 "That's right!" Mama Bear replies. "You were born in the winter, my dear. So was Little Sister Grey Kitten."

P.12 ---

P.13 "Which season do you like the best?" asks Bobo Bear. "Is it spring, summer, autumn or winter?"

P.14 "I like every season and every day that I am with you," Mama Bear replies.

P.15 ---

★ 語文活動 ★

親子共讀

1 講述故事前，爸媽先把故事看一遍。

2 講述故事時，引導孩子透過插圖、自己的相關生活經驗、故事中的重複句式等，來猜測生字的意思和讀音。

3 爸媽可於親子共讀時，運用以下的問題，幫助孩子理解故事，加深他們對新字詞的認識；並透過故事當中的意義，給予他們心靈的養料。

建議問題：

封 面：從書名《最愛的季節》，猜一猜熊寶寶最愛什麼季節。

P. 4-5：圖畫中的春天是怎樣的？誰在春天出生？

P. 6-7：圖畫中的夏天是怎樣的？誰在夏天出生？

P. 8-9：圖畫中的秋天是怎樣的？誰在秋天出生？

P. 10-11：圖畫中的冬天是怎樣的？誰在冬天出生？

P. 12-13：猜一猜熊媽媽喜歡什麼季節。

P. 14-15：猜一猜熊寶寶聽到熊媽媽的回答後，他有什麼感覺。

其 他：你在哪個季節出生？你的家人和朋友分別在哪個季節出生呢？

你喜歡哪個季節？為什麼？這個季節是怎樣的？你會在這個季節做什麼？

4 與孩子共讀數次後，請孩子以手指點讀的方式，一字一音把故事讀出來。如孩子不會讀某些字詞，爸媽可給予提示，協助孩子完整地把故事讀一次。

5 待孩子有信心時，可請他自行把故事讀一次。

6 如孩子已非常熟悉故事，可把故事的角色或情節換成孩子喜愛的，並把相關的字詞寫出來，讓他們從這種改篇故事中獲得更多的閱讀樂趣，以及認識更多新字詞。

識字活動

請撕下字卡，配合以下的識字活動，讓孩子掌握生字的字形、字音和字義。

指物認名：選取適當的字卡，將字卡配對故事中的圖畫或生活中的實物，讓孩子有效地把物件及其名稱聯繫起來。

★ 字卡例子：黃鳥、妹妹、夏天

動感識字：選取適當的字卡，為字卡設計配合的動作，與孩子從身體動作中，感知文字內涵的不同意義，例如：情感、動作。

★ 字卡例子：喜歡、跟你、不是

字源識字：選取適當的字卡，觀察文字中的圖像元素，推測生字的意思。

★ 字卡例子：春天、也是，用圓點標示的字同屬「日」部；季節的「節」字，屬「竹」部

★ 進階學習：可與孩子對比另一輯圖書（3 至 4 歲）《早上好》中介紹「目」部的字。

句式練習

準備一些實物或道具，與孩子以模擬遊戲的方式，練習以下的句式。

句式： 角色一：你喜歡 ＿＿＿ 還是 ＿＿＿ ？
角色二：[按情況回應角色一]

例子： 角色一：你喜歡騎單車還是游泳？
角色二：我喜歡騎單車。

字形：像太陽的形狀。（象形）
字源：古時寫字，是用刀刻在甲骨上，所以把太陽刻成不規則的多角形，裏面的一畫，表示實物體的意思，漸漸又寫成稍圓的形狀，後來再變成長方形的寫法。

字源識字：日部

字形：像竹葉的形狀。（象形）
字源：竹子挺直，長出的葉也是硬直的，無論經過風吹雨打，直直的性子總是不改，所以寫成的竹枝都是一豎，旁邊的一棵加上一鈎是增加視覺美；竹葉則變成一撇和一橫「ㄣ」。偏旁可寫成「⺮」。

字源識字：竹部

識字遊戲

　　待孩子熟習本書的生字後，可使用字卡，配合以下適當的識字遊戲，讓孩子從遊戲中溫故知新。

以訛傳訊：選取一些字卡，請家中成員列隊，排在最尾的參加者在心中挑一張字卡，然後向前面的參加者説出字卡上的字，一個接一個傳開去，最後排在最前的孩子找出正確的字卡。如是者玩數次，然後請孩子以所得的字卡創作短故事。

小貼士　遊戲初期，可提供短故事的開始讓孩子接續故事。

找錯處：在透明膠片上臨摹字卡上的字，但刻意寫錯部分筆畫，例如：把「春天」寫成「春天」、「季節」寫成「季節」，然後請孩子比對字卡和透明膠片上的字，並指出寫錯的地方，訓練孩子辨認漢字的正確寫法。

小貼士　遊戲初期，可提供字卡予孩子對比；到後期可不提供，讓孩子從記憶中搜索他記得的字形。

創意無限：把字卡分成三大類：季節（春天、夏天、秋天、冬天）、名詞類一（白兔、黃鳥、黑狗、灰貓）和名詞類二（哥哥、姐姐、弟弟、妹妹），然後分別放在三個神秘袋內，請孩子從各個袋子中抽取一張字卡，並用這些字卡來創作句子或短故事，讓孩子從遊戲中運用不同的詞類。

小貼士　可預備白卡，寫上有關天氣、人物和稱謂的詞語，來增加遊戲的靈活性和趣味。

夏天天氣熱，黑狗弟弟最喜歡到沙灘游泳，消暑降溫。

春天

最愛的季節

夏天

最愛的季節

秋天

最愛的季節

冬天

最愛的季節

季節

最愛的季節

每一個

最愛的季節

每一天

最愛的季節

喜歡

最愛的季節

出生

最愛的季節

是

最愛的季節

不是

最愛的季節

也是

最愛的季節

還是

最愛的季節

啊

最愛的季節

跟你

最愛的季節

在一起

最愛的季節

白兔

最愛的季節

黃鳥

最愛的季節

黑狗

最愛的季節

灰貓

最愛的季節

哥哥

最愛的季節

姐姐

最愛的季節

弟弟

最愛的季節

妹妹

最愛的季節